FSC
www.fsc.org
MIXTE
Papier issu
de sources
responsables
Paper from
responsible sources
FSC® C105338

AF381738

La poésie pour survivre

Chapitre 1

Tout commence un soir d'été où je rentrais de vacances avec mes amis. Il faisait chaud, le décor était idyllique. Nous étions sur la route, le volume à fond, on dansait, chantait, rigolait ; tout n'était que bonheur et insouciance.

Nous avons passé les vacances dans le sud de la France, au Pays basque. Nous avons fait du rafting dans les rivières, du canyoning et avons même bronzé sous la chaleur étouffante.

Avant de partir, j'avais très mal à la tête, mais que du côté gauche. J'avais l'impression que tout mon côté droit était endormi, c'était vraiment bizarre, mais je ne m'y attardai pas.

Dans la voiture, Mélodie m'interpella : « Ça va, Charlie ? Tu as l'air dans la lune, quelque chose ne va pas ? »
Mélodie était ma meilleure amie depuis la primaire. Elle est du genre casse-cou, tout le contraire de moi, toujours plongée dans mes livres et recueils de poésie.

« Oui, ça va, ne t'inquiète pas, je rêvassais. »
En réalité, je me sentais de plus en plus mal et peinais à parler. On s'arrêta sur une aire d'autoroute pour prendre de l'essence et des provisions pour le reste du trajet qu'il nous restait à parcourir.

Le soleil commençait à se coucher, tout le monde sortit de la voiture. Voulant suivre leur mouvement pour aller aux toilettes, je réalisai que mes jambes ne me répondaient plus. Je n'arrivais plus à les bouger tandis que mes amis s'éloignaient. J'essayai donc de crier pour les avertir de ce qu'il m'arrivait, mais aucun son ne sortit de ma bouche. Je tentai de me soulever avec mes bras, mais je tombai aussitôt de la voiture. Mes amis se retournèrent en entendant le bruit de ma chute. Ils se précipitèrent dans ma direction, très inquiets.

« Charlie ! Oh ! Réponds-moi ! » Je n'arrivais pas à lui répondre. Quand, soudain, j'entendis la voix de Théo, celui de qui j'étais tombée amoureuse à la fac, grand brun aux yeux bleus, bref, le mec parfait, quoi !« On fait quoi, putain ?! »

Mélodie reprit la parole et rétorqua :
« Faut qu'on appelle les pompiers, j'ai un mauvais pressentiment. »
Je l'entendais parler au téléphone, mais ne comprenais rien. Je poussai un petit gémissement de douleur et tous se tournèrent vers moi.

« Charlie, réponds ! Putain, elle saigne ! Dépêche-toi, Mélodie ! » hurla un gars que je connaissais pas vraiment.

Je sentais un liquide chaud couler le long de ma longue chevelure blonde, maintenue par un chignon.

J'entendis le bruit des sirènes de pompiers au loin. Tout semblait lointain comme dans un rêve, je ne comprenais pas ce qu'ils me disaient. Puis, je sentis qu'on me soulevait du sol.

Je ressentis la fraîcheur de l'ambulance, la clim devait être allumée.

Puis, je sentis une piqûre dans mon bras gauche. On me posa des trucs collants sur la poitrine, reliés à une machine qui n'arrêtait pas de sonner, et on me prit ce que je crois être la tension. Les machines s'affolèrent, je ne savais pas ce qu'il se passait, j'étais complètement désorientée.

L'ambulance s'arrêta devant l'hôpital du petit village près duquel nous avions fait une halte. Le moteur s'éteignit et les pompiers se pressèrent de me sortir de l'ambulance.

Aussitôt, je sentis une bouffée de chaleur m'envahir.

Me voilà à l'hôpital, que je reconnais grâce aux murs blancs et aux rampes pour se tenir qui bordent le côté des murs. Aussi, ça sentait le désinfectant à plein nez.

Une brune bien potelée qui n'a pas l'air commode vint me voir dans la salle d'examen où les pompiers m'ont laissée en me souhaitant beaucoup de courage. J'étais terrifiée et ne comprenais vraiment pas ce qui m'arrivait. La dame enchaîna les questions en tout genre, mais étant incapable de répondre, elle s'énerva : « Tu vas répondre, oui ou merde !? Je vois bien que tu es consciente de là où tu es, alors, maintenant, tu vas me répondre. » Étant incapable de prononcer le moindre mot, je lui fis signe que je n'arrivais pas à parler. Son visage devint rouge écarlate et elle m'asséna une violente claque. Puis, plus rien, le trou noir, le néant.

Je me réveillai et vis mes yeux grâce à un petit miroir positionné devant moi. J'étais allongée sur quelque chose de dur, il faisait froid, il y avait énormément de bruit.

Le bruit s'arrêta et je crus entendre des voix au loin : « Oui... AVC... On la monte en réa, tout de suite... Pas de problème... Ne tient pas sur ses jambes... ne parle pas... D'accord, à tout de suite. » « AVC », c'est quoi, ça, encore ? J'en ai déjà entendu parler, mais mon esprit est trop embrouillé pour me rappeler quoi que ce soit. J'ai encore mal à la joue à cause de la claque de l'infirmière ; pourquoi a-t-elle fait ça ? Peut-être que ce n'était qu'un rêve... Je sombrai dans l'inconscience.

Chapitre 2

Dans un état de semi-conscience, j'entendis des « BIP » résonnant tout autour de moi. J'ouvris lentement les yeux et ma douleur à la tête se réveilla. Mon crâne me parut enveloppé d'un bandage. Une dame en blouse blanche rentra dans ce qui me sembla être une chambre d'hôpital. Tout est blanc immaculé, sauf le fauteuil bleu au bout de la pièce où dort une personne. Attends ! Je crois la reconnaître !! Mais, oui, c'est mon frère ! Qu'est-ce qu'il fout là, cette enflure ? Ça fait 10 ans que je n'ai pas eu de nouvelles de lui, depuis qu'il est parti du jour au lendemain sans prévenir. Je me rappelle, quand on était petits, il voulait sans arrêt avoir l'ascendant sur moi. Comme dit une citation dans un livre que j'ai lu récemment : « Celui qui se soucie vraiment de toi trouvera toujours du temps pour toi, le reste n'est qu'une excuse. »

La dame s'approcha de moi, soucieuse, rien à voir avec celle qui m'avait giflée. Elle me demanda, d'une voix douce, légèrement trop aiguë : « Bonjour, madame Summer, comment allez-vous ? »
Comment je vais ? Je ne sais pas trop... Tout est encore brouillé dans ma tête. Je la regardais fixement en esquissant un petit sourire.

« Bon, très bien, je ne vais pas y aller par quatre chemins : vous avez fait un accident vasculaire cérébral, dit AVC. Nous ignorons à ce jour si vous pourrez reprendre toutes vos facultés, j'en suis navrée. »
Je restai immobile, le temps d'accuser le coup.

Un AVC, on m'en avait déjà parlé plus jeune parce qu'un cousin d'une amie en avait fait. Il était mort sur le coup. Et comment ça, je ne retrouverai peut-être pas toutes mes facultés ? Je ne peux pas y croire, j'ai encore tellement de choses à vivre ! J'avais prévu de me remettre à courir après les vacances et, cet hiver, on avait prévu de faire du ski et du snow ! Merde, j'y crois pas... Bon, restons positive. L'infirmière quitta ma chambre et mon frère se réveilla avant de me fixer, un demi-sourire au coin des lèvres ne respirant pas la sincérité. Il me dit :

« Bah, alors, sœurette, on en a pas déjà assez d'être l'attention de tout le monde, il faut en plus que tu finisses à l'hôpital ? »

Je voulais lui répondre, mais aucun son ne sortit de ma bouche.

« Allez, va, te casse pas la tête à répondre à ton grand frère, je suis juste venu t'emprunter 2000 €, j'en ai besoin pour partir en Italie avec Marie. »

Je remuai la tête pour contester, mais celui-ci me prit de court et enchaîna :

« T'inquiète pas, tes amis m'ont donné ta carte bancaire et le code pour que j'aille t'acheter quelques affaires, même si tu sais très bien que je ne vais pas le faire, madame la petite protégée. »

Il me lança un sourire mesquin et conclut en m'informant que mes parents me rendraient visite dans deux semaines. Sur ces mots, il s'en alla sans demander son reste.

Deux semaines sont passées, je n'ai toujours pas réussi à prononcer le moindre mot ou à marcher. Les infirmières me répétaient sans cesse de ne pas abandonner, mais je commençais à plonger dans une profonde dépression. Ma mère, les yeux remplis de larmes, et mon père, silencieux, sont les seuls, avec mon frère, à être venus me rendre visite. Personne d'autre, pas même mes amis, n'a daigné faire le déplacement.

Ils me disaient tous de communiquer par écrit si je voulais leur demander quelque chose, mais je secouais toujours la tête, car je n'avais pas envie de leur faire de la peine en écrivant ce que je ressentais vraiment. Et puis, quand bien même, qu'est-ce que je pouvais bien leur dire ?

Ma mère s'approcha de moi et me tendit un petit paquet :

« Tiens, ma chérie, toi qui adores les recueils de poèmes, je me suis dit que ça pourrait te faire plaisir. Et… euh… comment dire… l'auteur est sourd et muet, il est peu connu, je veux te redonner espoir, tu comprends, ma puce ? »
Comprendre ? J'avais perdu le goût pour la lecture. Toutefois, je ne pouvais pas décevoir ma mère, alors je lui adressai un large sourire.

Chapitre 3

Un mois s'était écoulé, pourtant, personne à part mes parents n'était venu me voir, pas même ma soi-disant meilleure amie, Mélodie… Ce matin, les infirmières me sortirent dans le parc pour prendre l'air, mais je m'ennuyais à mourir. L'une d'elles me tendit quelque chose que je reconnus tout de suite, c'était le recueil que ma mère m'avait offert. Je l'observai avec incompréhension.

Elle me dit : « Il faut reprendre goût à la vie, madame Summer, c'est pas en vous morfondant que vous guérirez. » Elle me fixa du regard et reprit : « Allez, au moins un poème par jour ! » Lire ? Mais pour quoi faire ? Ma vie était foutue de toute façon. Je me résolus malgré tout à ouvrir le recueil avec peu d'entrain. Cependant, dès que je commençai à parcourir les sublimes strophes du premier poème, mes yeux furent irrésistiblement attirés par eux. Lorsque j'atteignis le dernier vers, le sourire jusqu'aux oreilles, je regardai l'infirmière. Avec des gestes, je lui demandai de quoi écrire. Elle s'engoua et se pressa d'aller me chercher des feuilles, un support et un stylo. Une idée venait de germer en moi. Je contemplai le soleil qui perçait entre les feuilles des arbres et entendis le chant merveilleux des oiseaux. Puis, je me penchai sur la première feuille et me mis à écrire mon premier poème :

Le jour où le soleil brillera
Tu verras
Le monde sous toutes ses facettes
Sans te prendre la tête
Là où tu vois la nature verdoyante
Qui deviendra vite ensorcelante
Dans un petit cocon entouré de verdure
Le doux parfum des fleurs comme un murmure
Cette clairière où les arbres te feront de l'ombre
De légers rayons de soleil filtrent entre les arbres
Ressens la détente de cet endroit
Jusqu'au fond de toi
Nourris-toi de ce beau paysage et crois-moi

Je tendis mon écrit à l'infirmière, et une larme vint perler au creux de son œil. Elle soupira d'aise et me dit : « Madame Summer, vous possédez un réel don, continuez à écrire, s'il vous plaît, essayez de communiquer vos émotions à travers vos poèmes si c'est plus simple pour vous ». J'ai écrit ce poème naturellement, sans réfléchir, les mots me sont venus tout simplement. Je dois donc exprimer mes émotions à travers mes poèmes ? Ça risque d'être compliqué, j'ai du mal à parler de moi, même s'il ne s'agit pas vraiment de parler.

Mes parents n'en revenaient pas de mon tout premier poème, ils pleuraient de joie, mais depuis, je n'avais pas osé en écrire d'autres.
Après deux mois passés à l'hôpital, je pouvais enfin rentrer. Toutefois, il m'était impossible de regagner mon petit deux-pièces du centre-ville de Nancy du fait des escaliers. Je ne pouvais pas non plus continuer mes études dans le théâtre ; je n'avais pas retrouvé ma voix, ce qui me déprimait profondément. Un choix s'imposa donc : retourner chez papa et maman dans leur petit village de Haussonville.

La dépression prit peu à peu le pas sur ma raison. Mes parents me poussaient à écrire des poèmes, mais pour quoi faire ? J'étais déjà morte de toute façon ! J'avais envie de hurler, de tout balancer autour de moi. En tâtonnant devant moi sur le bureau, je trouvai un cutter et une idée me vint soudain à l'esprit : peut-être que, si je me faisais mal autre part, j'aurais moins mal, compte tenu de tout ce qui se passe dans ma tête. C'est alors que je saisis le cutter d'une main tremblante, soulevai ma manche et posai le bout froid du cutter sur ma peau. D'un coup, j'appuyai et dessinai un premier trait. S'ensuivit un deuxième, puis un troisième, un quatrième... jusqu'à obtenir satisfaction. Mon bras me brûlait, mais je trouvais ça exaltant. Je ressentis aussitôt une sensation de plénitude. La table et mon bras étaient ensanglantés.

Vite, il faut que je nettoie ça avant que mes parents rentrent, il va être 22 h. Je m'activai comme je pus avec mon fauteuil roulant, j'emballai mon bras sous des couches d'essuie-tout et remontai ma manche. Heureusement, celle-ci n'était pas serrée. Puis, je nettoyai la table et disposai les lingettes pleines de sang sous le tas d'ordures pour qu'elles ne se voient pas. Je terminai par laver le cutter et mes mains avant de le reposer à sa place. Enfin, je feignis l'endormissement au moment où mes parents franchirent le seuil de la porte.

Chapitre 4

Mon frère rentrant d'Italie avec sa copine m'envoie un message (ce qu'il ne fait jamais) dans lequel il m'annonce son intention de resserrer nos liens familiaux. Je ne comprends pas, je ne veux pas le revoir, pas avec tout ce qu'il m'a fait. Je ne réponds pas au message et éteins mon téléphone.

Ma mère entre dans la cuisine là où je me trouve actuellement et me demande ce que je veux manger. Je hausse les épaules en guise de réponse, ce qui provoque son énervement : « C'est toujours pareil avec toi, tu peux au moins écrire ce dont tu as envie. » Je me mets aussitôt à pleurer et elle lance : « Ça sera des pâtes alors », avant de me tourner le dos.

Nous sommes à table et mangeons dans le silence, on entendrait presque les mouches voler. Mon père est le premier à briser ce silence de mort : « Pourquoi portes-tu toujours des pulls par cette chaleur ? Ah oui, tu ne veux toujours pas nous écrire. Pourtant, tu l'as bien fait avec cette infirmière (il hausse le ton). Merde, on est tes parents, quoi ! Même ton frère nous a dit qu'il souhaitait renouer avec nous et toi, tu ne lui réponds même pas, c'est INADMISSIBLE ! » Mes bras me brûlent. Oui, j'ai continué. Ils ne brûlent pas de douleur, mais de l'envie de continuer. Je fonds en larmes et éprouve de plus en plus de difficulté à respirer. Mon pouls s'accélère, j'entends seulement mes parents me souhaiter « bonne nuit » avant de s'éloigner, me laissant seule dans la cuisine.

Je ne peux pas continuer. Ils sont à deux pas de moi, la porte de leur chambre est ouverte. Je décide donc, entre mes sanglots et ma respiration, de leur écrire un poème pour leur dire à quel point ils m'ont blessée. Je prends ma feuille et mon stylo que mes parents ont soigneusement déposés à côté de moi, espérant un écrit de ma part. C'est maintenant que je vais leur écrire :

J'aurais aimé qu'ils me disent :

On s'occupe de tout, ne t'inquiète pas, ça va aller.
À la place, ils m'ont dit :
BONNE NUIT.
J'aurais aimé qu'ils me comprennent,
Qu'ils se renseignent sur ma maladie
À la place, ils m'ont dit
BONNE NUIT.
J'aurais aimé qu'ils me soutiennent,
Qu'ils se soucient de moi
À la place, ils m'ont dit
BONNE NUIT.
J'aurais aimé qu'ils soient là pour moi dans toutes mes
embûches,
Qu'ils comprennent ma maladie
À la place, ils m'ont dit
BONNE NUIT.
J'aurais aimé être la petite fille parfaite,
Qui les rendrait fiers
Et finalement, je ne suis rien…
Mais je suis humaine après tout,
J'ai le droit de commettre des erreurs
Mais au lieu de m'aider, ils m'ont dit
BONNE NUIT.

Maintenant, c'est moi qui leur dis BONNE NUIT…

Je laisse le poème en évidence sur la table de la cuisine et me dirige vers l'armoire à médicaments. J'attrape du bout des doigts une plaquette de médicaments censés ralentir le cœur : c'est parfait, ça. Puis, c'est le trou noir.
J'ai très froid, les bips résonnent de toutes parts autour de moi. Je me relève d'un bond pour vomir et entends :

« C'est bon, elle a enfin repris connaissance, elle vomit, elle élimine. »
Une autre voix dit : « Elle n'est pas tout à fait consciente, c'est juste le charbon qui fait son effet. » Comment ça, du

charbon ? Je me trouvais tranquillement dans la cuisine et j'ai même écrit un poème, même si je ne me souviens plus de quoi il parlait. Et hop, un nouveau relent. Je vomis comme je n'avais jamais vomi, comme si je me vidais entièrement. Je ne vois toujours rien à part moi et ce vomi. Puis, black-out.

Je me réveille lentement dans une chambre d'hôpital. Ma vue met un certain temps à s'adapter. Toutefois, je remarque que la pièce est différente de la première : murs orange, fauteuil vert sans personne dessus. Je tourne lentement la tête et je vois mes parents en larmes. Mon père tient une feuille dans sa main. Aussitôt, tout me revient en tête : le poème, mes doigts attrapant la plaquette de médicaments, le verre d'eau que je m'étais rempli et mon retour dans la chambre. Cependant, mes souvenirs s'arrêtent là.

Mon père prend en premier la parole : « Excuse-nous, ma puce, nous n'avons pas vu à quel point tu souffrais... » Ma mère poursuit : « Quand j'ai vu tes bras recouverts seulement de serviettes en papier, l'infirmière m'a expliqué que cela pouvait devenir une dépendance et, dans ton cas, je crois que c'est vrai. Je suis profondément désolée. »

Chapitre 5

De retour à la maison, mes parents ont acheté un coffre-fort pour y ranger tous les médicaments et les choses coupantes pour que je n'y accède pas et ont caché les clefs.

Ma mère me demande : « Ma chérie, tu veux m'aider pour le repas ? » Je hoche la tête, mais mon cerveau est ailleurs ; j'ai encore envie de me faire du mal. L'infirmière m'a conseillé d'écrire sur mes émotions lorsque cela m'arrive, mais avant, j'aimerais aider ma mère pour le repas, car je ne l'ai pas fait depuis longtemps.

Elle me tend le couteau par réflexe et l'enlève d'un coup sec. « Désolé, ma chérie. » Elle me donne de quoi laver les poivrons, les tomates, avant de les couper elle-même. Puis, nous mettons les pâtes à cuire. Nous avons prévu une salade de pâtes. Ma mère coupe l'emmental en morceaux, puis les poivrons, et ensuite les tomates. Je devais de mon côté m'assurer que l'eau des pâtes ne déborde pas, car, avec mon fauteuil, je ne pouvais pas voir au-dessus. Une fois les pâtes cuites, ma mère me tend la casserole que je dois vider dans la passoire au-dessus de l'évier avant de rincer les pâtes pour qu'elles refroidissent. On assemble le tout que l'on place ensuite dans le réfrigérateur. Ma mère me dit : « Merci, ma chérie, il faut maintenant attendre une heure que ça refroidisse. » Mes bras me brûlaient d'envie en voyant ce couteau. Alors, je sors rapidement de la pièce. « Mais, tu vas où ? » Je lui fais signe que je vais écrire. Je prépare ma feuille et mon stylo et me mets à coucher sur le papier ce que je ressens :

Les douleurs dans mes entrailles
Les douleurs sur ma peau saillante
Les douleurs qui me traversent de part en part
Les douleurs lancinantes qui me déchirent le cœur
Les douleurs qui parcourent mon échine
Les douleurs de mes maux
Les douleurs qui sondent ma tête en deux

Je pose mon stylo et souffle un coup. Ça m'a fait un bien fou. Ma mère passe derrière moi et me prend la feuille d'un geste lent comme si elle attendait mon approbation, donc je secoue la tête de bas en haut. Une petite larme roule sur sa joue, qu'elle s'empresse d'essuyer. Je lui tends la main, elle la prend et la couvre de baisers. Je lui fais un signe de la tête pour la remercier.

Une heure plus tard, nous sommes attablés autour de la salade de pâtes. Devant nous, ma mère prend la parole : « Mon amour, tu sais que notre belle Charlie a écrit un poème aujourd'hui. Certes, il n'est pas joyeux, mais elle commence enfin à communiquer ses émotions. » Mon père lui répond : « C'est super, ça, ma petite Charlie, tu me laisseras le lire ? » Je hoche de nouveau la tête pour approuver.

Soudain, on entend toquer à la porte. Mon père se lève pour aller ouvrir. La porte s'ouvre, mais une voix me glace d'effroi, une voix que je ne veux pas entendre, même dans mes pires cauchemars : celle de mon frère.

Mon père l'accueille à bras ouverts et moi je me ratatine sur mon fauteuil. Mon frère Alexis s'exclame aussitôt : « Ça fait du bien de retrouver sa famille, pas vraie sœurette ? » À ce moment précis, je voudrais juste disparaître. Mon père lui répond : « Viens, assieds-toi, je te prépare une assiette. »

Il me regarde dans les yeux avec un sourire mesquin et lance : « Papa, je peux prendre Charlie pour passer un peu de temps avec elle ? » Non ! Non ! Je ne veux pas me retrouver seule avec lui.

« Oui, bien sûr, mon fils, de toute façon, le plat ne risque pas de refroidir », dit-il en rigolant.

Mon frère passe derrière moi. Un autre frisson me parcourt le corps. Il attrape les poignées de mon fauteuil et déverrouille le frein avant de m'emmener dans le jardin. Il faisait pourtant encore chaud, mais moi, je frissonnais.

Il s'assied sur une pierre à côté de moi et commence à poser une de ses mains sur ma cuisse avant de s'exprimer : « Tu sais, je suis parti il y a dix ans, car tu commençais à te rebeller… » Il marque une pause. « Mais maintenant, tu ne peux plus rien dire et je te trouve vachement sexy dans cette tenue », dit-il en remontant sa main jusqu'à mon entrejambe. À ce moment, je me mets à pleurer.

« Mais non, sœurette, il ne faut pas pleurer, je vais être doux avec toi, comme ça fait longtemps. » Il continue son mouvement, mais je reste tétanisée jusqu'au moment où il s'apprête à baisser mon pantalon. Ma respiration s'accélère de peur. Il se stoppe tandis que j'hyperventile, prise d'une crise d'angoisse, et je continue de pleurer.

Dès que mes parents arrivent dans le jardin, mon frère s'éclipse rapidement. « Qu'est-ce qu'il se passe ? m'interroge ma mère. Elle tente de me prendre dans ses bras, mais je me débats. Mon père s'exclame : « Alexis !? Qu'as-tu fait ?

— Moi ? fait quelque chose ? Mais tu débloques, je lui racontais mon voyage en Italie !

— Déjà, baisse d'un ton avec moi, je ne t'accuse pas, mais tu étais seul avec elle. »

Mon frère s'énerve alors et rétorque : « Si vous ne me faites pas confiance, je me casse d'ici. Ciao ! » Sur ces mots, il s'en va, ma respiration retrouve un rythme normal.

« Ma chérie, écris-nous ce qu'il s'est passé. » Je secoue la tête de gauche à droite toujours en pleurs.

« Allez, explique-nous, on ne peut pas tout savoir. » Je leur fais signe de me donner une feuille et un stylo et écris :

Dans la folie qui régit ma vie,
J'écris, je lis, je médite

Je m'ennuie ces midis à ressasser,
Je repense à mon enfance,
À quand il a pris mon innocence
Je me perds et j'avance,
Je crée et me remets
De ces choses de mon passé
Auxquelles j'ai tant pensé.
Ce temps où l'enfance ne fut plus,
Sans soins, là où mes poings ont saigné.

Dans une danse,
J'avance maintenant.

Je ne voulais pas qu'ils lisent mon poème, mais ils me l'ont arraché des mains pour le lire.

Ma mère m'attrape par l'épaule et me dit : « C'est pas vrai, c'est une blague, j'espère ? » Je fonds aussitôt en larmes et mon père s'emporte : « C'est ce salopard d'Alexis qui t'a fait ça !? » Je hoche la tête de bas en haut.

Chapitre 6

Mes parents débattent entre eux. Ma mère veut que je porte plainte, mais mon père refuse. Il dit que ça ne servirait à rien, surtout venant d'une femme qui ne peut plus parler. Ses propos me blessent, toutefois, je pense qu'il a raison.

Je m'en vais vers ma chambre, pensive. Peut-être que renouer avec mes amis me sortirait de ma solitude. Certes, j'ai mes parents, mais ça ne suffit pas.

Je m'empresse de prendre une feuille et un stylo et couche ces quelques lignes à l'attention de Mélodie :

Je n'arrive plus à respirer
J'ai tant espéré
Je suffoque
Ma cage thoracique se bloque
Je pense trop
Je rentre tôt
Je me laisse guider
J'ai rêvé
Un jour d'écrire
De lire
Le mérite
De survivre

Je prends une enveloppe et j'y appose un timbre. Ensuite, je m'applique à écrire l'adresse de Mélodie, non pas que j'écris mal, mais parce que j'ai tendance à incliner les lettres comme si elles étaient en italique, ce qui peut rendre la lecture difficile.

Je prépare maintenant ma lettre pour Théo, mon « crush », officieusement, mais officiellement mon meilleur ami :

Mes yeux sont rouges dans la nuit noire
Mes pleurs sont bleus dans la fraîcheur matinale

En espérant qu'ils comprennent ce que je vis et à quel point ils me manquent.

Je montre les enveloppes à ma mère, elle me demande si elle peut les ouvrir. Je secoue la tête. Elle acquiesce et les prend de mes mains avant de promettre de les envoyer dès qu'elle sortira tout à l'heure. Je lui fais entièrement confiance, c'est ma mère après tout.

Trois jours sont passés. Ma mère rentre avec une lettre dans sa main qu'elle dépose à côté de moi sur le lit. Elle me dit : « Je crois que ce cher Théo a eu vite envie de te répondre. Il l'a déposée dans notre boîte aux lettres ce matin. » Je frémis d'impatience à l'idée de l'ouvrir et fais signe à ma mère de sortir de la chambre. Aussitôt partie, je m'empresse d'ouvrir soigneusement cette fameuse lettre :

Salut, ma petite Charlie, je ne pensais pas avoir des nouvelles de toi. Je suis content. Ton poème est magnifique, même si je n'ai pas tout compris. Tu as vraiment une belle plume.

J'aimerais beaucoup te revoir, mais j'ai peur de découvrir dans quel état tu te trouves au point de ne même pas me passer un coup de fil. J'avoue que, moi non plus, je n'ai pas réussi.

À l'heure où je vais déposer cette lettre, tu seras sûrement dans les bras de Morphée ou plongée dans un de tes bouquins auxquels je ne comprends rien. Préviens ta mère, je passe vers seize heures, je ramène de quoi goûter.

Plein de force et de courage, on se voit tout à l'heure.

Je serre la lettre contre mon cœur et me dirige vers ma mère pour la lui montrer. Elle semble très heureuse pour moi. Malgré tout, j'appréhende beaucoup qu'il me voie en fauteuil et que je n'arrive plus à parler, il se barrera peut-être en courant, j'ai si peur.

Ma mère prépare le repas de midi : un bon bœuf bourguignon, j'adore ça !

Au moment de passer à table, mon père téléphone à ma mère pour la prévenir qu'il ne rentrera pas ce soir, un déplacement urgent au boulot, je suppose.

Théo arrive avec un quart d'heure d'avance, des fleurs à la main. Ma mère va lui ouvrir. Celui-ci entre et la salue, puis se tourne vers moi. Il a un regard surpris, au point de laisser tomber ses fleurs. Je lui adresse un mince sourire et il me dit : « Charlie, que t'est-il arrivé !? Je ne pensais pas que c'était si grave que ça. Je… je… je croyais que tu ne voulais plus nous voir. Raconte-moi ce qu'il s'est passé !
— Ne cherche pas, mon grand garçon, elle ne peut plus parler non plus. Je suis désolée que tu l'apprennes comme ça, mais elle ne communique que par poèmes.
— Oh, Charlie, je suis vraiment désolé. »
Des larmes perlent à ses yeux, mais je secoue doucement la tête pour essayer de le rassurer.

Après toutes ces émotions, il me propose d'aller dans le jardin. Il sort un paquet de cigarettes et s'en allume une. Il m'en offre une ; puisque je n'ai plus aucun but dans ma vie, je l'accepte. Il me l'allume tout en me prévenant que je risque de tousser au début. Je tire dessus, avale la fumée et la recrache. Je ne tousse pas, mais cela m'apporte un bien immense. Étonné,

Théo me demande si j'avais déjà fumé. Je lui fais signe que non, il réplique : « La vache, c'est impressionnant. Je voulais t'en proposer une pour te détendre et je vois que ça marche vraiment. Je vais te donner mon paquet, je m'en rachèterai un sur le retour, mais n'abuse pas, d'accord ? » Je lui réponds par un hochement de tête et je tire une bouffée sur ma cigarette. C'est vrai que cela m'apaise.

Ma mère apprend deux jours plus tard que j'ai fumé, mais elle ne m'en veut pas. Elle prend même l'initiative de m'acheter un nouveau paquet sans le dire à mon père.

Chapitre 7

Théo revenait de temps en temps pour me faire la discussion, même si je ne pouvais pas lui répondre. J'avais le sourire jusqu'aux oreilles. Un jour, il pose sa main sur ma cuisse sans arrière-pensée, mais moi, je me recule d'un coup sec, repensant aussitôt aux agissements de mon frère. Ma respiration s'accélère. Il enlève sa main et me dit d'une voix calme :

« Désolé, je suis peut-être allé trop vite. J'avais envie de t'embrasser, je l'avoue, mais, si tu ne veux pas de moi, je comprends… » Je lui fais des grands gestes incompréhensibles pour lui montrer que ce n'est pas de sa faute. Puis, je me rapproche à nouveau de lui et regarde fixement ses yeux, puis ses lèvres. Je crois qu'il a compris le message, car il m'embrasse passionnément. Je n'ai jamais ressenti ça, ça dépasse tout ce que j'ai pu lire dans les livres. Je veux que ça ne s'arrête jamais, mais il faut bien y mettre un terme pour reprendre notre souffle. « Wow, c'était génial, je ne sais pas si t'as ressenti la même chose que moi, mais c'était incroyable ! » Je me cache le visage, respire fort, je dois être rouge comme une tomate, mais lui réponds oui de la tête.

L'heure est venue pour lui de partir. Il dépose un baiser sur mon front avant de s'éclipser.

Mes parents ne sont pas là. Ça sonne à la porte. Je pense que Théo a dû oublier quelque chose. J'ouvre donc la porte et découvre le facteur. Pourquoi n'a-t-il pas mis le courrier dans la boîte aux lettres ? Il me prend alors de court : « Bonjour, vous êtes mademoiselle Summer ? » Je lui fais oui de la tête et celui-ci me tend le terminal qu'il tient entre ses mains. « Il faut signer ici », m'indique-t-il. Je signe et celui-ci me tend une enveloppe avant de partir.

Le pli est adressé à mon nom. Je l'ouvre doucement, pensant à une erreur, et comprends tout de suite de quoi il s'agit. J'ai envie de hurler, de frapper, je me mets à me gratter le visage frénétiquement, jusqu'au sang ! Elle n'a quand même pas fait ça !? Porter plainte contre mon frère, mon père et moi refusions tout le temps et elle l'a fait en douce !? Il s'agit d'une convocation au tribunal ! Merde, comment vais-je faire, moi qui ne peux même pas parler ? Je ne pourrai pas me défendre et il gagnera à coup sûr. Je me dirige vers mon lit, la convocation froissée en main, le visage en larmes et en sang. Puis, rapidement, je m'endors.

Ma mère rentre dans ma chambre et allume. Alors que je suis toujours dans les vapes, j'essaie de redresser ma tête, mais mon visage adhère à l'oreiller taché de sang. Je me souviens maintenant de tout. J'arrache mon visage de l'oreiller. Je sens que ça se remet à saigner. Je lance un regard noir à ma mère et lui balance la convocation toujours dans ma main, avant de me retourner, mettant la couverture sur ma tête sans qu'elle ne comprenne rien. Elle lit la convocation et finit par comprendre ma réaction. « Ma chérie, qu'est-ce que tu as au visage, montre à maman ? » Elle essaye de défaire ma couverture, mais je donne des coups, ne la laissant pas s'approcher de moi.
« Oh, ma chérie, c'est pour ton bien que j'ai fait ça. Et laisse-moi te soigner. » J'assène un gros coup de poing contre le mur. Je l'ai abîmé et je sens ma main gonfler, mais je ne le montre pas à ma mère, en sanglots. « D'accord, je te laisse tranquille. » Et elle repart en pleurant et éteint ma lumière.

J'entends mes parents s'engueuler. Ma mère dit qu'elle va partir chez sa sœur le temps que la situation s'apaise.

Je sors discrètement de ma chambre pendant la nuit et roule jusqu'au jardin, emportant mon paquet de cigarettes. J'essaye de m'en allumer une, mais, avec mon poing gonflé, l'opération échoue. Je perçois un bruit venant de derrière moi. C'est mon père, à bout de forces, qui s'assoit sur la pierre à côté de moi. Il m'emprunte mon briquet pour allumer ma clope et s'en prend une pour lui-même en disant : « Ça fait longtemps que je n'avais pas fumé. » Pourtant, il ne dit rien sur le fait que moi je fume.

« Tu veux bien que je te soigne après ? me demande-t-il, une larme roulant sur sa joue, tout comme moi. J'accepte sa proposition.

Il me ramène jusqu'à la salle de bains. Heureusement que notre maison est de plain-pied. D'abord, il s'occupe de ma main, qu'il enveloppe dans une compresse imbibée d'alcool, puis avec un pansement. Qu'est-ce que ça pue ! Puis, il s'occupe de mon visage avec un gant de toilette humide. Il passe partout où ça saignait, puis me met des compresses grasses qu'il recouvre de pansements. J'essaye de me relever un peu avec mes bras pour voir mon visage dans le miroir, mais mon père m'en empêche. Il me tend alors un petit miroir de poche pour que je voie l'étendue des dégâts. Mon père semble aussi démuni que moi face à cette situation.

Chapitre 8

Le lendemain matin, ça tambourine à la porte tandis que mon père et moi prenons notre petit déjeuner. Ça gueule : « Ouvre, espèce de salope ! Je reconnais la voix de mon frère. Mon père se lève et ouvre la porte. Alexis, estomaqué, ne dit plus un mot en voyant mon père, pensant que celui-ci serait au travail. Il lance alors : « C'est qui l'espèce de salope maintenant ?! » Il reprend ses esprits et répond à mon père : « Cette sal… meuf a porté plainte contre moi !

— Bon, déjà, cette "meuf", c'est ta sœur, pour rappel, et ce n'est pas elle qui a porté plainte, c'est ta mère. »

Entre-temps, je me suis légèrement reculée pour ne pas qu'il me voie, mais trop tard ; il me lance un regard noir et essaye de rentrer dans la maison, mais mon père l'en empêche.

« Elle est où, maman, que je lui fasse changer vite fait d'avis !? » Il continue de forcer pour entrer, mais échoue.

« Ta mère est partie chez sa sœur. Je n'ai plus rien à te dire. Au revoir. » Il claque la porte. On entend alors un gros boum contre celle-ci, puis plus rien. Mon père me prend dans ses bras, ce qui est inhabituel de sa part.

« Ma puce, je te promets de te protéger quoi qu'il arrive ! »

Mon père me fait une demande inattendue : lui écrire un poème. J'hésite un peu, mais finis par accepter. Toutefois, je ne sais pas trop quoi écrire. Il me tend une feuille et un stylo. Stylo en main, rien ne peut alors m'arrêter :

J'étais dans une cage
Enfermée
À double tour
Je ne voyais pas la lumière du jour
Je ne savais même pas s'il faisait jour
J'avais froid
En proie
Pourchassée par de vilains monstres
Je voulais fuir
Crier
Hurler
Pleurer
Mais j'étais cloisonnée
J'avais peur
Je ne comptais plus les heures
Ils étaient là
Je le sentais

Ma main se veut hésitante en lui tendant mon poème. C'est comme si on lisait en moi, toutes mes pensées, mes sentiments, mes émotions. Quand il commence à lire mon poème, j'ai l'impression d'être mise à nu, sans armure pour me protéger.

Il me dit : « C'est triste, ma chérie, mais tellement beau. Je pense qu'on devrait édit… » Soudain, l'on toque à la porte. C'est Théo. Bon, je ne saurai jamais ce que mon père s'apprêtait à me dire, trop occupée que j'étais à cacher mon visage pour que Théo ne voie pas tous ces pansements et le bandage à ma main.

Il s'approche de moi, me forçant à relever le visage. À ce moment, il découvre tous mes pansements. Il recule de trois pas exactement et s'exclame : « Non ! Non ! Là, c'est pas possible, je n'arriverai jamais à supporter ça ! » Et il s'en va comme un voleur. Je me mets à *pleurer toutes les* larmes de mon corps avant de me ruer dans le jardin pour m'allumer une clope, toute tremblante. Mon père, lui, est resté abasourdi dans la cuisine. Profitant de l'occasion, je remonte mes manches, appuie ma cigarette allumée sur mon bras, ce qui me donne aussitôt des cloques. Ce n'est qu'une fois revenu à lui que mon père me jette la cigarette hors de sa portée.

Mon père s'adresse alors à moi, toujours en pleurs, mes bras scarifiés et maintenant brûlés, exposés : « Ma puce, qu'est-ce qu'il te prend, pourquoi tu te fais tant de mal ? Je sais que je ne suis pas un père assez présent pour toi et j'essaye de comprendre ce que tu vis en ce moment, mais je ne comprends rien, pas vrai ? » Je hoche la tête.

« Viens, on va soigner ça, ma puce. Je suis désolé, mais ce garçon n'est qu'un con. »

Mon père me passe un produit jaune sur les bras et ça me brûle encore plus, mais je serre les dents. Tout se déroule dans un silence morne. Depuis le départ de ma mère, la maison semble dénuée de vie ; plus aucun son ne résonne, pas même celui de sa petite radio qu'elle laissait près d'elle quand elle cuisinait ou faisait le linge. On pouvait parfois l'entendre chantonner, elle avait une belle voix.

Chapitre 9

Ma vie n'a plus aucun sens, je tourne en rond, lasse de cette situation : ma mère partie chez sa sœur pour une durée indéterminée, Théo qui s'est barré en courant et qui ne répond plus à mes poèmes, Mélodie qui ne m'a jamais répondu et mon père qui se pose la question de savoir si l'on doit m'interner à cause de tout le mal que je me fais.

La sentence est tombée. Nous sommes en août, et je n'arrive plus à me souvenir de l'année en question. Le procès est fixé au 25 novembre 2025. Je ne comprends pas comment, en si peu de temps, ma vie s'est transformée en cauchemar.

Il était pas loin de midi. Mon père nous a commandé des pizzas, ce qui est vraiment très rare. On déjeune dans le calme quand, tout d'un coup, celui-ci fond en larmes. Il ose à peine me regarder dans les yeux pour m'annoncer ce qui suit : « Je suis désolé, ma puce, ça sera ton dernier repas ici, une ambulance arrive dans moins d'une heure. Je t'ai fait interner, il faut qu'on prépare tes valises. »

Tout mon monde s'effondre ! Moi, internée chez les fous ?! Non, non !!! Je lance la pizza sur la tête de mon père et roule jusqu'à la salle de bains où je m'enferme à clef.

Mon père me suit et me dit : « Ma puce, ouvre-moi, s'il te plaît... » Ses larmes coulent à flots.
« Bon, OK, je vais préparer moi-même ta valise... »

Mes pensées s'égarent quand j'entends la sirène des pompiers, et me mets à paniquer. Ça sonne à la porte, mon père ouvre : « Oui, bonjour, c'est les pompiers pour madame Summer, où est-elle ?
— Elle s'est enfermée dans la salle de bains, elle refuse de nous ouvrir, mais tenez, déjà, voici ses affaires.
— Merci. »

Des bruits de pas retentissants viennent dans ma direction, puis j'entends toquer.

« Madame Summer, il est temps d'y aller. » Pour seule réponse, je lance le savon contre la porte.

« Madame Summer, s'il le faut, nous emploierons la force, donc ouvrez cette porte maintenant ! » Je ne bouge pas d'un millimètre et entends qu'on crochète la serrure.

« Vous avez donc choisi la manière forte. » J'entends mon père pleurer au loin. Ils réussissent à ouvrir la porte. Lorsqu'ils me découvrent, ils me regardent avec plein de compassion, mais je n'en veux pas de leur compassion de merde ! Je leur jette tout ce qui me passe sous la main : shampoing, gel douche, brosses à dents, brosses à cheveux, jusqu'à ce qu'ils arrivent à m'attraper par les bras.

« Madame Summer, nous ne sommes pas là pour vous faire du mal. » En guise de réponse, je leur crache au visage.

« On va devoir la contentionner, tu m'aides ? dit l'un d'entre eux à son collègue.
Ils me soulèvent de mon fauteuil, me tenant les bras et les jambes. Je me débats comme je peux, mais sans la force de mes jambes, c'est très compliqué.

Ils montent avec moi dans l'ambulance, m'étendant sur un brancard, sans me lâcher pour autant. Ils s'emparent de sangles pour attacher mes poignets et mon torse, mais évitent bien sûr mes jambes, qui sont complètement inertes.

Le voyage est très long. Je questionne du regard le pompier resté avec moi à l'arrière de l'ambulance pour savoir où l'on va. Celui-ci me répond : « Désolé, je n'ai même pas eu le temps de me présenter. Je m'appelle Quentin et on t'emmène à la clinique des Boucles de la Moselle à Toul. Tu verras, c'est

une très bonne institution, ils sauront t'aider, j'en suis certain. »
Il m'adresse un large sourire avant de se plonger dans ses
papiers.

Une fois arrivés à la clinique, les pompiers sortent mon fauteuil
et me relâchent de mes contentions. Ils me posent sur le
fauteuil. La clinique est magnifique !

En entrant dans l'accueil, une odeur très agréable emplit l'air,
sûrement les restes d'un bon repas.

La clinique est belle, très propre, avec des tables et chaises
près de la cafétéria, ainsi que des fauteuils dispersés un peu
partout où des gens discutent, rigolent, se chamaillent. Tous
les âges sont représentés. Je n'aurais jamais imaginé un tel
endroit. J'aperçois un espace vert, semblant spacieux. On me
pousse jusqu'à la dame de l'accueil qui me souhaite la
bienvenue et m'informe que le docteur Yui, psychiatre, viendra
me rejoindre sous peu. Pendant ce temps, les pompiers me
saluent rapidement, mais je ne parviens pas à formuler mes
excuses.

Une dame extrêmement belle arrive vers moi. Je suppose qu'il
s'agit du docteur Yui. Elle a de longs cheveux blonds ondulés,
un regard perçant couleur vert bouteille et un corps longiligne
aux proportions harmonieuses. J'avoue que je commence à
douter de mon hétérosexualité, là. « Bonjour, madame
Summer. Désolée du retard, je suis madame Yui, je vous
ramène à mon bureau. Votre père m'a déjà tout expliqué sur
vous et votre état de santé, le fait que vous ne communiquiez
que par poèmes. C'est très intéressant, j'ai envie de voir ça. »

On s'engage dans une pièce légèrement fraîche. Elle pousse
une chaise pour y déposer mon fauteuil. Elle enclenche les
freins et s'assoit derrière son bureau avant de reprendre :
« Écrivez-moi simplement ce que vous ressentez en ce
moment. » Bizarrement, j'ai toute confiance en elle.

Elle me tend un papier et un stylo qu'elle avait dans la poche de sa blouse, sans rien ajouter. Mon cerveau se met alors en ébullition et les mots se couchent avec aisance sur le papier :

Le ciel est bleu.
La nuit est noire.
Ma fumée est blanche.
L'eau est bleue.
Le feu est orange.
Les feuilles sont vertes.
La vie est rose.
Mes pleurs sont rouges.
Mon cœur est noir.

Je lui tends le poème, qu'elle s'empresse de lire attentivement, sans émettre aucune réaction : « Très intéressant. Je vais vous prescrire un traitement pour apaiser toutes ces souffrances. Vous allez maintenant voir le docteur Frost, le somaticien. »

Elle me ramène dans une autre pièce où un vieil homme à la barbe et aux cheveux poivre et sel m'attend. « Je t'apporte madame Summer, je compte sur toi pour me faire un bilan de ses scarifications.
— D'accord, pas de problème. Bonjour, madame Summer, je ne vais pas vous dire de vous installer. »
Je souris à sa blague quelque peu inappropriée, mais marrante quand même.

Il me demande d'enlever mon pull et de rester en brassière, si ça ne me dérange pas. Je lui fais comprendre, d'un signe de tête, que non. Il observe mes bras attentivement et appose quelques notes sur son calepin. Lorsqu'il revient vers moi, il me dit : « Vous ne vous êtes pas loupée. On va devoir surveiller vos pauses clopes et on va aussi fouiller votre valise pour s'assurer qu'il n'y a rien de dangereux. »

Chapitre 10

La consultation se termine sur ces mots. Il m'escorte jusqu'à la réception, où une infirmière aux longs cheveux blond cendré, coiffée en queue de cheval, s'approche de moi. Elle semble très aimable et me souhaite la bienvenue : « Bonjour, madame Summer, je vous amène en chambre. » Nous montons dans l'ascenseur à côté de la cafeteria, jusqu'au deuxième niveau. Lorsque les portes s'ouvrent, je vois un grand comptoir où des soignants tapent à l'ordinateur. Elle demande le badge de la chambre 235 et le récupère. Wow, des badges, stylé comme clinique ! À mes côtés, juste devant le comptoir, figure une salle remplie de chaises, de tables, sur lesquelles reposent des plantes, de fauteuils. La télé tourne ; deux patients la regardent attentivement. Assise à une table, une jeune fille tape frénétiquement sur son ordinateur. Elle lève les yeux un instant vers moi, avant de se reconcentrer. Arrivée devant ma chambre, l'infirmière passe le badge sur la porte et celle-ci s'ouvre au moment où elle enclenche la poignée. Je découvre alors une chambre avec un beau lit surmonté de bois, entouré d'une table de nuit, d'un bureau avec sa chaise et, à ma droite, d'une salle de bains avec douche à l'italienne, lavabo et toilettes, et un grand rangement où l'on peut disposer toutes nos affaires de toilette. Malheureusement, celui-ci semble trop haut pour moi, je me contenterai du pourtour du lavabo.

Je me sens légèrement stressée à l'idée de rencontrer les autres ; que vont-ils penser de moi qui suis en fauteuil et qui ne parle pas ?

L'infirmière pose ma valise sur le lit et me demande si elle peut vérifier qu'il n'y a rien de coupant ni de câbles. Je lui dis oui de la tête.

Elle m'enlève donc mon chargeur de téléphone, mes chaussures à lacets et mon parfum en verre.

Elle m'aide à ranger mes affaires à ma hauteur, elle ne parle pas pendant qu'elle le fait. Je suis légèrement gênée par ce

silence, mais qu'est-ce qu'elle pourrait bien dire à une personne qui ne parle pas ?
 Elle finit par me dire : « Bon, je te laisse t'acclimater et tu nous rejoins dans la salle commune quand tu te sentiras prête. »

Elle ferme la porte en me remettant mon badge en forme de bracelet bleu. Je l'enfile autour de mon poignet et prends une profonde inspiration en regardant une dernière fois ma nouvelle chambre.

Je me dirige donc vers la grande salle et une infirmière s'approche aussitôt de moi et s'adresse aux personnes présentes dans la pièce : « Je vous présente Charlie. Elle ne peut ni parler ni se déplacer sur ses jambes, j'espère que vous l'accueillerez bien. »

La fille à l'ordinateur me scrute discrètement. Je me décide à aller à son encontre. Elle est petite aux cheveux noirs bouclés et porte de fines lunettes qui s'accordent parfaitement avec son visage délicat. Elle est juste sublime.

Elle s'adresse à moi : « Désolée, je ne suis pas très bavarde, j'espère que ça ne te dérange pas ? » Je hoche la tête en signe de compréhension et regarde ce qu'elle écrit par curiosité.
« J'écris des livres si ça t'intéresse. » J'approuve d'un signe de tête et dégaine aussitôt mon carnet à côté d'elle ainsi qu'un stylo, m'engageant dans l'écriture d'un poème pour lui montrer que j'écris aussi. Je ne sais pas pourquoi elle m'inspire tant de confiance.

Le vent souffle dans les arbres
Ma déchéance s'enchaîne dans les armes
Armes blanches pour me faire ressentir quelque chose
Depuis, je me sens vide
C'est le seul moyen que j'ai trouvé

Elle m'observe discrètement, puis mon carnet, que je lui tends en hochant la tête devant son hésitation. Elle lit, puis me fixe droit dans les yeux, laissant planer un long silence, avant de me dire : « Tu possèdes réellement un don. Continue à remplir ce carnet et plein d'autres, je te soutiendrai. Au fait, je m'appelle Sam. » Je suis surprise par son enthousiasme à me soutenir dans mes écrits ; je n'ai jamais pensé à écrire pour que tout le monde me lise, mais je ne veux pas lui gâcher son engouement, alors je hoche la tête. Elle me sourit de ses lèvres pulpeuses et retourne à son ordinateur.

L'heure du repas arrive. Sam me dit qu'il faut prendre l'ascenseur pour descendre au rez-de-chaussée. Je la suis, on rentre dans l'ascenseur et deux autres personnes montent avec nous, m'obligeant à me coller à Sam. Toutefois, elles n'ont pas dû faire attention. Cette proximité me fait rougir. Je ne comprends pas, je suis hétéro pourtant, enfin, je crois ?
Nous entrons et nous dirigeons vers la réception. Elle me dit qu'elle s'occupe de mon plateau, puis elle retire une chaise d'une table pour que je m'y installe. Tant d'attention me fait encore plus rougir. Comment parvient-elle à me faire ressentir ça ?

Chapitre 11

Je commence à m'habituer au rythme de vie de la clinique. Aujourd'hui, je vois ma psychiatre, Dr Yui. Celle-ci m'a demandé en amont d'écrire un poème sur ma vie ici. Le problème, c'est que, malgré Sam, je me sens vide et dépourvue d'intérêt pour quoi que ce soit. Je ne désire rien de plus que de m'endormir et de ne pas me réveiller, mais j'essaye de tenir pour mes parents, pour Sam.

Je rentre dans son bureau et elle me lance : « Bonjour, madame Summer. Alors, voyons voir ce poème. » Je le lui tends :

Le tonnerre gronde un matin d'été, le calme avant la tempête.
Mon cœur s'est empli de bonheur à la vue d'une ombre grimpante sur le mur de l'hôpital.
Je compris qu'il était temps de partir.
J'espérais de tout cœur avoir le temps d'assouvir mes désirs, mais il était trop tard maintenant.
Il est temps d'y aller.
C'est avec le cœur serré que je fermai les yeux et me laissai guider vers les cieux.

Dr Yui me dit : « Je vois. Donc, c'est toujours aussi compliqué. Vous voulez encore mourir, c'est ça ? » Je hoche la tête timidement.

« Je vais vous prescrire de la Mianserine matin, midi et soir. C'est un antidépresseur. Et 50 gouttes de Tercian le matin, 50 à midi, 50 le soir et 100 au coucher, et 25 en plus si besoin. » J'avale ma salive, fortement étonnée d'avoir autant de médicaments.

« Ne vous inquiétez pas, c'est provisoire, le temps que la crise passe. Et s'il y a quoi que ce soit, sachez que toute l'équipe est là. On ne vous lâchera pas. » Je me mets soudain à pleurer à chaudes larmes.

« Bon, madame Summer, l'entretien est terminé. Continuez d'écrire des poèmes, c'est très important. Bonne journée. »

Je sors du bureau encore en larmes et aperçois Sam. Celle-ci s'avance vers moi, l'air inquiète, et me prend dans ses bras. Qu'est-ce qu'elle sent bon ! Elle saisit les poignets de mon fauteuil et m'emmène dans sa chambre (on n'a pas le droit, mais on n'écoute jamais). Elle claque la porte derrière elle et murmure : « J'aimerais tant pouvoir t'aider, mais je te vois dépérir de jour en jour. » Je secoue la tête pour lui dire qu'elle ne peut rien y faire. Alors, elle s'avance vers moi, me regardant droit dans les yeux. Puis, elle s'approche dangereusement de mes lèvres et m'embrasse. D'abord surprise, je ne bouge pas, mais la pression de ses lèvres sur les miennes me procure des papillons dans le ventre et une joie intense. Je me surprends à lui rendre son baiser tandis qu'elle recule d'un bond : « Je… je… je suis désolée, je ne sais pas ce qui m'a pris. Je… » et elle sort de la chambre.

J'ai l'impression d'être sur un petit nuage, mais il faut que je la rattrape pour lui montrer que c'est consenti. Je la retrouve sur un des fauteuils, les mains et la tête sur les genoux. Je m'approche doucement et caresse ses beaux cheveux courts. Elle redresse la tête, rouge de surprise, et je l'invite à se rapprocher de moi et à m'embrasser. Elle ne bouge pas, sûrement étonnée, mais elle me rend vite mon baiser.

Nous sortons officiellement ensemble malgré les regards désapprobateurs que nous recevons. Nous nous en moquons et sommes heureuses comme ça.
Je lui ai même écrit un poème :

Je la vois s'allonger dans le sable sur le ventre
Elle enlève le haut de son maillot de bain

Le soleil fait briller sa peau dorée
La mer se balance doucement
Le bruit de ses va-et-vient nous berce
Je me couche donc à côté d'elle et enlève aussi mon haut
Je ne peux m'empêcher de contempler ses formes si
délicieuses
Elle tourne la tête vers moi et me sourit d'un sourire qui me
semble le plus beau que j'aie jamais vu
Je caresse lentement ses cheveux
Elle se met à rougir tout en appréciant ce geste si doux.

J'hésite à lui donner mon poème, mais, finalement, je le lui tends. Elle rougit et m'embrasse en me demandant si elle peut le garder. Je hoche la tête en signe d'acquiescement.

Tout allait parfaitement bien jusqu'à ce jour, le jour du procès. J'avais une permission pour cette occasion. Je n'avais pas revu mes parents depuis. Papa m'annonce que maman est revenue à la maison, mais qu'il lui en veut toujours. Dans la voiture, il règne une ambiance pesante. Je ne veux pas y aller.

Arrivée au tribunal, on me fait entrer par la porte de service en raison de mon fauteuil roulant. Tout le monde prend place. On n'attend plus que mon frère.

Chapitre 12

Alexis entre dans le tribunal comme s'il rentrait chez lui, certain d'avoir déjà gagné. Le juge demande le silence dans la salle. Je suis accompagnée d'une avocate commise d'office, faute de moyens financiers.

Alexis me jette des regards méchants tandis que la séance s'apprête à commencer. La juge ouvre le dossier et déclare : « Bonjour à toutes et à tous. Nous sommes donc là pour le jugement de Summer Alexis, qui aurait, selon les dires de Summer Valentine, mère de Summer Charlie, agressé sexuellement Summer Charlie. Qu'avez-vous à dire sur le sujet ? On va commencer par Mme Summer Valentine.
— Merci, votre honneur. Donc, je reviens sur les faits. Ma fille et mon fils se trouvaient tous les deux dans le jardin, seuls, quand j'ai soudain entendu ma fille prise d'une violente crise d'angoisse. Plus tard, elle nous a écrit un poème évoquant le fait qu'à ce moment-là, il avait pris son innocence. Ce sont les termes exacts de son écrit, qui doit figurer dans votre dossier. »
Je me sentais tellement mal d'être ici, entre les regards de mon frère, ma mère qui raconte l'histoire et le juge qui lit mon poème.

« Très bien, je vais à présent donner la parole à M. Summer Alexis.
— Merci, votre honneur. À mon tour de revenir sur les faits. J'étais en effet dehors avec ma sœur et je lui racontais mon voyage en Italie avec ma copine, qu'elle a bien voulu nous financer. Et d'un coup, elle s'est mise à paniquer, au moment où je lui ai dit que je m'étais blessé pendant le voyage. Elle a dû s'inquiéter pour moi. »
Le vicelard, il a déjà tout prévu pour sa défense.

« En ce qui concerne le poème, elle a dû voir un film ou lire un livre qui l'a inspirée, je ne sais pas, moi.
— Merci. Maintenant, la parole est à vos avocats. Maître Conrad, à vous. »

Mon avocate se lève et dit :

« Comme vous le voyez, ma cliente n'a pas été gâtée par la vie. Ce procès constitue une épreuve pour elle. Elle doit revenir sur des événements compliqués et elle ne peut même pas s'exprimer pour se défendre. Je vais donc le faire à sa place. Elle ne mentirait jamais à propos d'une telle agression. Mme Summer Charlie est quelqu'un de confiance sur qui l'on peut toujours compter. Elle n'irait pas inventer de tels mensonges contre son propre frère.
— Merci, maître. À vous, maître Lucius.
— Merci, je vois là une jeune fille perdue qui cherche un coupable à tous ses problèmes. Évidemment, c'est tombé sur mon client, dont elle est jalouse parce qu'il peut faire plein de choses qu'elle ne peut plus faire dans ce contexte. Je plaide mon client non coupable. »
J'y crois pas, je me mets à pleurer, on a perdu.

« Merci, maître Lucius. Je vais rendre mon jugement. Sortez de la salle. Je vous rappellerai. »

Je fonds en larmes. Alexis vient me voir, mais mes parents s'interposent.

« Tu vois, petite sœur, tu es juste jalouse de moi. » Il éclate de rire et retourne auprès de son avocat.

« Je suis désolée, ma puce, me console ma mère avant de me prendre dans ses bras. Je suis désolée de t'avoir fait subir ça. Tu m'en veux encore ? »
Je secoue la tête pour lui dire que non.

Le juge nous invite à prendre place dans la salle. Il annonce alors son verdict : « Installez-vous. Je vais maintenant prononcer mon jugement. Je déclare monsieur Summer Alexis non coupable. Merci à vous. Passez une agréable journée. » Le juge se lève et sort de la salle. Non coupable, non

coupable, non coupable. Ces mots tournent en boucle dans mon esprit, comme une mélodie obsédante impossible à chasser. Comment passer une agréable journée après ça ?
Je retourne à la clinique et vois Sam qui m'attendait. Je l'enlace, puis, soudainement, j'ai une douleur fulgurante à la tête. Je suis paralysée et m'effondre. Ma dernière pensée va pour Sam et mes parents, puis plus rien.

Chapitre 13

Point de vue extérieur

Charlie s'est écroulée. Elle ne répondait à aucun stimulus. Une ambulance arriva, mais il était déjà trop tard, Charlie avait refait un AVC, mais cette fois, il lui a été fatal.

Sam et les parents de Charlie ont décidé qu'ils allaient récupérer tous ses poèmes et en faire un recueil qu'ils nommeraient

Les maux de mon âme.

© 2024 Diane MOMPER
Édition : BoD · Books on Demand, 31 avenue Saint-Rémy, 57600 Forbach, bod@bod.fr
Impression : Libri Plureos GmbH, Friedensallee 273, 22763 Hamburg (Allemagne)
ISBN : 978-2-3225-5363-1
Dépôt légal : Avril 2025